中國書店藏珍貴古籍叢刊

古列女傳

附 續列女傳

漢·劉向 撰 漢·班昭 增補

中國書店

據中國書店藏明萬曆三十四年新都黃嘉育刊本影印原書版框高十九點七厘米寬十四點二厘米

古列女傳

附 續列女傳

漢·劉向撰 漢·班昭增補

中國書店藏珍貴古籍叢刊

中國書店

據中國書店藏明萬曆三十
四年新都黃嘉育刊本影印
原書版框高十九點七厘米
寬十四點二厘米

出版説明

中國書店自一九五二年成立起，一直致力于古舊文獻的收購、整理、保護和流通工作，于年復一年的經營中，發掘、搶救了大量珍貴古籍文獻。在滿足圖書館、博物館、研究所等相關單位及讀者購書需求的同時，中國書店還保存了一定數量的古籍文獻，其中不少具有極高的學術價值和文物價值，但傳本稀少，甚至别無復本。有鑒于此，中國書店對這些古籍善本進行了科學、系統的整理，以編輯《中國書店藏珍貴古籍叢刊》的形式影印出版，使孤本、善本化身千百，發揮更大的作用。本輯所選爲：

《古列女傳》七卷、《續列女傳》一卷，漢劉向撰、班昭增補。

劉向（約公元前七七—公元前六年），原名更生，字子政，沛郡人。漢楚元王之後，歷任散騎諫大夫、散騎宗正等職。成帝即位後，得進用，任光禄大夫，改名爲『向』，官至中壘校尉。劉向自幼博覽群書，熟悉儒家經典，精通天文星象之學。曾奉命領校秘書，所撰《别録》，爲我國目録學之祖。有《古列女傳》、《新序》、《説苑》等著作傳世。

《列女傳》約成書于公元前二十年，書共分七卷，卷一母儀傳，卷二賢明傳，卷三仁智傳，卷四貞順傳，卷五節義傳，卷六辯通傳，卷七孽嬖傳，除母儀傳收録十四人外，其餘各傳均收録十五人，共記載了從上古至漢代一〇四名婦女的傳記。自漢以後，《列女傳》屢經傳寫，到宋代已非原本，分篇亦有不同。現存的本子是七卷，共一〇四人，每一卷的後面都有頌。書後附有《續列女傳》一卷，相傳是東漢班昭所增加，收録二十人。該書對後世産生了重要影響，歷代研究者都非常重視對劉向《列女傳》的研究。

在明清兩代刊本中，明萬歷四十四年（一六一六）黄嘉育刊《古列女傳》以其精美的版刻插圖久負盛名。黄氏所刊《古列女傳》插圖由明代著名徽派刻工黄鎬所刻，綫條柔美，布局精巧，是徽派版畫的代表之作，受到歷代藏書家的重視。由于傳本極罕，世人難得一見。民國時期，商務印書館曾借葉德輝藏本影印并收入《四部叢刊初編》，惟縮版影印，致使版面失真，後日本大正時期，大村西崖輯《圖本叢刊》亦翻刻此書，同樣不及明代原刻風貌逼真。

中國書店所藏《古列女傳》即爲明萬歷四十四年黄嘉育刊本。是書半頁十行，行二十字，白口，四周單邊。書中有清人過録乾嘉間藏書家吴騫校文，極具學術價值。

現將本書收入《中國書店藏珍貴古籍叢刊》影印出版，以滿足專家、學者及廣大傳統文化愛好者的需求，推動古籍文獻整理與相關學術研究。

中國書店出版社

癸巳年夏月

甲子中春文在堂有兔床手校
曼懷英刻列女傳索價甚鉅遂録
於此而以原本還之

美如會記

新安原板圖像古列女傳

文林閣唐錦池梓行

歲甲子余兄吳兔牀先生用顧氏小讀書堆仿宋重雕古列女傳校正
明黃嘉育翻宋本訛誤甚多家劍獲君則爲據太平御覽
呂氏春秋補黃本妃以足一百五人之數直爲宋槧匡謬補卓識也
余向藏黃刻本取以逐錄距今廿有四年年䘮觀屈而滌身
多疾病曩所蒐集書易米之資而是本若
郎兄舊藏所收出以示我恍若雨之重逢而當海之深流焉
舊見精於鑒藏而不薄抄筆實爲廬暮春已因敘校正源
流而歸之 歲戊子秋仲 □□翁記 題記

時年七十有五

古列女傳序

古列女傳八篇劉向所序也向為漢成帝光祿大夫當趙后姊娣嬖寵時奏此書以諷宮中其文美刺詩書已來女德善惡繫於國家治亂之效者攸有母儀賢明仁智貞順節義辯通嬖孽等篇而各頌其義圖其狀總為卒篇傳如太史公記頌如詩之頌而圖為屏風云然世所行班氏注向書乃分傳每篇上下并頌為十五卷其十二傳無頌三傳其同时人五傳其後人

而通題曰向譔題其頌曰向子歆撰
與漢史不合故崇文總目以陳嬰母
等十六傳為後人所附余以頌考之
每篇皆十五傳耳則凡無頌者宜
皆非向所奏書不特自陳嬰母為斷
也頌有高倉之母等亦陳時人而

秦已上女史見於他書而此頗不錄
者猶眾也不特周郊婦等四人也
頌之畫之屏風而史有頌圖在八篇
中今直秘閣呂縉叔集賢校理
蘇子容家象山今林次中又言嘗見母儀
賢明四卷於江南人家其畫為古佩

賑而見其頌像儼然燕室又后之君
北游諸藏家皆無此本不知其
傳果向之頌圖欲抑後好事者搜
其頌取古佩服而圖之欲並詩而致
已予讀而對其畫其文嘉其志而惜
其所序敘臣賑繆于千歲之一日華

存而完其書其後為他手竄亂
故其真本並亂其自所以頌證之
刪為八篇孫氏子其傳之卷只以其書
名其書諸祖之劉氏故之錄二十傳
其文亦異雜以春秋魏晉諸史所
記作也故又自周郭姬至秦漢得

嬺等以時次之第爲一篇陳續子女侍余友合肅嘗謂予曰子既述詩體如而非夫證其要旨引其說學也子何以喜治之耶予以謂先王之化功見息學士大夫論詩者偕仁義進取當詩之教皆自章學懿赫矣不可攀與識寶矣

迺乎不棄於聖人備矣然聖人之道亦未嘗廢雅頌也況女子乎且其所繫於家與國之以重家國之機者雖未中禮義而一志於善侍等於房闈使之皆遵先王之化遺矣其質而充其美自家刑國則邇矣

爲於賢妃治臣慕之詩書子也予
是以嘗生不幸而與向之業於吾患
固其直諫敢言之道也竊明而存之
以告後之君子同志焉嘉祐八年
秋九月長樂王回撰

新刻古列女傳叙

客有問于黄懷英氏曰劉中壘津〻女德王臨川迂其述諸狂女而子又津〻中壘也將不臨川是乎曰姬吾語若地美而嘉禾生焉水清而嘉魚出焉易亟歸妹詩讚王雎昌國刑家內則焉賴客何不臨川迂而迂中壘也曰中壘列傳八篇離為十五益以十六今不問其有無頌向歆譔而皆以為中壘傳乎曰向傳八篇曹注離之固向傳也益以陳母而下十六傳即不向筆而不失向意亦向傳也合而炊與析而炊而皆可孰也或炊粱或炊稷而皆可飫也曰漢去三代近向所校天祿石渠之書宜甚精今取而圖之則未知所圖者古珮服

甚精今用而圖之具未知其圖者古解

曰讓夫三代而后教天緯而漸以書圖

而治而事也欲取緝敎敘而皆也無也

而木大而書子圖書也合而欲與我而欲

而傳乎渲六東安而十六事日中今而書

為中星傳乎曰而傳入篇書注雜之圖

以十六今不語其有無須而語與而語以

序　一

中星也曰中星之變六歸輯其十五篇

昌圖刑家而員乃積家而不歸二通而通

以清而嘉魚也島見而歸未讀賢王雖

謂二是乎曰雖書書善進美而嘉未土昌

歸二道其法諸杜林而乎入書之中星也清大

容有問十貴康來大曰圖中星事十其海王

雜說古之甘中星敘

歟令珮服欸曰古者笄冠飾首令則有步揺金爵翠翹搔頭古者褕衣揄形令則有皃翳方空雉頭翟繡便娟追俗治花從時令向而在則未知所圖者古珮服歟令珮服歟曰碩士畸人貞匪順子傳之圖之將有風也而奚以是戔戔而巾幗為曰古者后侲出就館不襄色不异味不教

言非時而樂則太師韞琴而稱不習有胎教焉既免身阿保負之士妻食之傳姆之耑良慈愛提攜之有襁褓教焉始誰而語之數詔之方名有孩提教焉羈貫成童而就外傳則成人之道習過半矣故曰父之教子也信毋而子之化于毋也十父則唯是巾幗焉其忽之也曰吳道子作地

獄變相而酷吏仿以鍛鍊子亦取其嫮節孟行而風以遠矣孽嬖而下不幾雅終而侏儒戲手曰詩存濮上書紀牝晨不聞姙姒獨垂而龍漦之女削不錄也且人情有所豔必有所醜並而儆之掇百金當不掇摶黍矣夫女子幼而公宮教之字而夫子刑之陽教脩陰事理房闈宜而萬化起至于宮闈溷趙

朝政由王雖曰取中壘而噴之而咲其迂者疑不止一臨川也客唯唯適剞劂氏員版告成乃述客難而弁之簡端以為序

萬曆丙午孟春月新都黃嘉育懷英父譔

汪其瀾仲觀父書

古列女傳序

劉向所叙列女傳凡八篇事具漢書向列傳而隋書及崇文總目皆稱向列女傳十五篇曹大家注以頌義考之蓋大家所注離其七篇為十四與頌義凡十五篇而益以陳嬰母及東漢以來凡十六事非向書本然也蓋向舊書之亡久矣嘉祐中集賢校理蘇頌始以頌義為篇次

復定其書為八篇與十五篇者並藏于館閣而隋書以頌義為劉歆作與向列傳不合今驗頌義之文蓋向之自序又藝文志有向列女傳頌圖明非歆作也自唐之亂古書之在者少矣而唐志錄列女傳凡十六家至大家注十五篇者亦無錄然其書今在則古書之或有錄而亡或無錄而在者亦衆矣非可惜哉今校讎其

八篇及十五篇者已定可繕寫初漢承秦
之敝風俗已大壞矣而成帝後宮趙衛
之屬尤自放向以謂王政必自內始故列
古女善惡所以致興亡者以戒天子此向述
作之大意也其言大任之娠文王也目
不視惡耳不聽淫聲口不出敖言又
以謂古之人胎教者皆如此夫能正其
視聽言動者此大人之事而有道者

之所畏也顧令天下之女子能之何其盛
也以臣所聞蓋為之師傅保姆之助詩
書圖史之戒珩璜琚瑀之節威儀
動作之度其教之者雖有此具然古
之君子未嘗不以身化也故家人之義
歸於反身二南之業本於文王夫豈自
外至哉世皆知文王之所以興能得內助
而不知其所以然者蓋本于文王之躬化

故內則后妃有關雎之行外則羣臣有二南之美與之和樂是推而及遠則商辛之昏俗江漢之小國兔罝之野人莫不好善而不自知此所謂身修故家國天下治者也後世自學問之士多狥乎外物而不安乎守其室家既不見可法故競於邪僻豈獨無和樂之道哉士之爲於自照頒利冒恥而不知反己者往往以家自

累於也故曰身不行道不行於妻子信哉如此人安能未變顯也無去二南之風已遠矣說於南繇天下之至隸向之所述勸戒之意可謂篤矣然向彊情極羣書而此傳稱詩芣苢柏舟大車之類與今序詩者之說尤乖異蓋不可致至於式微之一篇又以謂二人之作豈其所取者博收不能無失歟其言象計謀敍

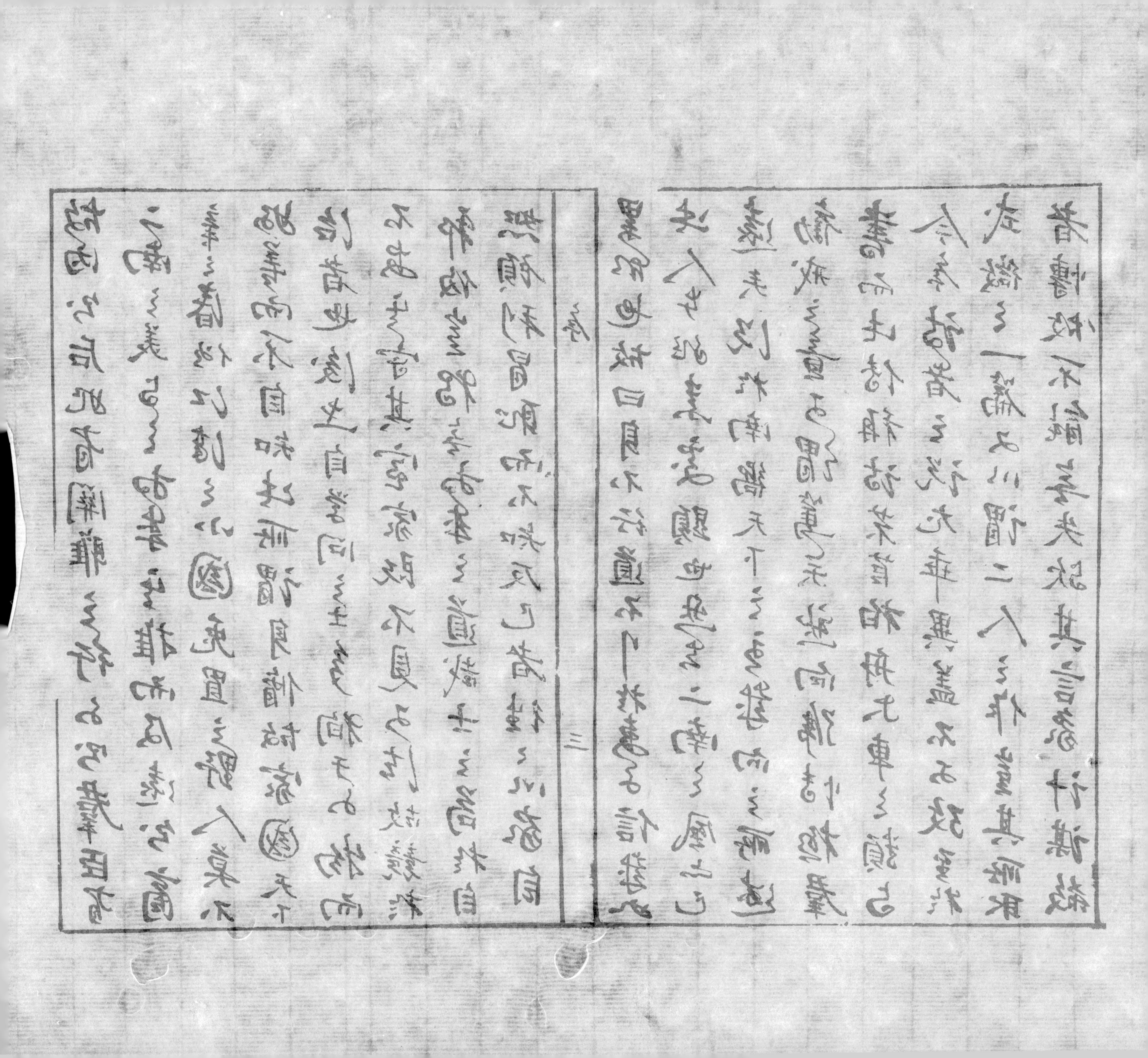

舜及舜所以不死者頗合於孟子然此
傳或有之而孟子所不道者蓋亦不足
道也凡後世諸儒之言經傳者固多
如此覽者采其有補而擇其是非
可也故為之敘論以發其端云編校館
閣書籍臣曾鞏序

[illegible]

[illegible]

[illegible]

[illegible]

[illegible]

[illegible]

[illegible]

王回序謂每篇十五傳書錄解題謂七篇凡一百五人今此篇止十四傳七篇通計一百四人豈為後人重編而少一傳耶以予考之似闕黃篇妃一傳其圖則有而闕有寧二妃也

劉向古列女傳小序

母儀傳

惟若母儀賢聖有智行為儀表言則中義胎養子孫以漸教化既成以德致其功業姑母察此不可不法

賢明傳

惟若賢明廉正以方動作有節言成文章咸曉事理知世紀綱循法興居終身無殃妃后賢焉名號必揚

仁智傳

惟若仁智豫識難易原度天理禍福所移歸義從安危險必避專專小心永懼匪懈夫人省茲榮名必利

貞順傳

惟若貞順修道正進避嫌遠別為必可信終不更二天下之俊勤正潔行精專謹慎諸姬觀之以為法訓

節義傳

惟若節義必死無避好善慕節終不背義誠信勇敢何有險詖義之所在赴之不疑姜姒法斯以為世基

辯通傳

惟若辯通文詞可從連類引譬以投禍凶推摧一切後不復重終能一心開意甚公妻妾則焉為世所誦

孽嬖傳

惟若孽嬖亦甚嫚易淫妬熒惑背節棄義指是為非終被禍敗

謹按列女傳頌義大序小序及頌或者皆以為劉向子劉歆作攷之隋書崇文總目及本朝曾校書序則非歆作明矣然崇文總目則以續二十傳無頌附入向七篇中分上下為一十四篇并傳頌一篇共成一十五篇今人則以向所撰列女傳七篇并續列女傳二十傳為一篇共計八篇今止依此将頌義大序列于目録前小序七篇散見目録中間頌見各人傳後觀者宜詳察焉

劉向古列女傳目録

劉向古列女傳目錄

一卷

母儀

有虞二妃　棄母姜嫄　契母簡狄　啟母塗山

湯妃有㜪　周室三母　衛姑定姜　齊女傅母

鄒孟軻母　魯季敬姜　楚子發母　魯之母師

魏芒慈母　齊田稷母

二卷

賢明

周宣姜后　晉文齊姜　楚莊樊姬　秦穆公姬

齊桓衛姬　周南之妻　宋鮑女宗　晉趙衰妻

陶荅子妻　柳下惠妻　魯黔婁妻　齊相御妻

楚接輿妻　楚老萊妻　楚於陵妻

三卷

仁智

密康公母　楚武鄧曼　許穆夫人　曹僖氏妻

孫叔敖母　晉伯宗妻　衛靈夫人　齊靈仲子

魯臧孫母　晉羊叔姬　晉范氏母　魯公乘姒

魯漆室女　魏曲沃負　趙將括母

四卷

魯桓文姜　魯莊哀姜　晉獻驪姬　魯宣繆姜

陳女夏姬　齊靈聲姬　齊東郭姜　衛一亂女

趙靈吳女　楚考李后　趙悼倡后

右七卷俱有頌

八卷

續列女傳

周郊婦人仁智　陳辯女辯通　聶政姊節義

王孫氏母節義　陳嬰母賢明　王陵母節義

張湯母仁智　雋不疑母母儀　楊夫人賢明

嚴延年母仁智　霍夫人顯孽嬖　漢馮昭儀節義

王章妻女仁智　班婕妤辯通　趙飛燕姊娣孽嬖

漢孝平王后貞順　更始夫人孽嬖　梁鴻妻賢明

明德馬后母儀　梁夫人嫕辯通

右二十傳皆班氏前人或同時人並無頌

黄帝妃 補

黄帝妃曰嫫母於四妃之班居下貌甚醜而最賢心每自退 餘同

昭太平御覽百三十五卷

嫫母執乎黄帝黄帝曰厲女德而弗忘与女正而弗衰雖惡奚傷 呂氏春秋遇合篇

劉向古列女傳卷之一

母儀傳

有虞二妃

有虞二妃者帝堯之二女也長娥皇次女英舜父頑母嚚父號瞽叟弟曰象敖游於嫚舜能諧柔之承事瞽叟以孝母憎舜而愛象舜猶內治靡有姦意四嶽薦之於堯堯乃妻以二女以觀厥內二女承事舜於畎畝之中不以天子之女故而驕盈怠嫚猶謙謙恭儉思盡婦道瞽叟與象謀殺舜使塗廩舜歸告二女曰父母使我塗廩我其往二女曰往哉舜既治廩乃

捐階瞽叟焚廩舜往飛出象復與父母謀使舜浚井舜乃告二女二女曰俞往哉舜往浚井格其出入從掩舜潛出時既不能殺舜瞽叟又速舜飲酒醉將殺之舜告二女二女乃與舜藥浴汪遂往舜終日飲酒不醉舜之女弟繫憐之與二嫂諧父母欲殺舜舜猶不怨怒之不已舜往于田號泣日呼旻天呼父母惟害若茲思慕不已不怨其弟篤厚不怠既納于百揆賓于四門選于林木入于大麓堯試之百方每事常謀于二女舜既嗣位升為天子娥皇為后女英為妃封象于有庳事瞽叟猶若焉天下稱二妃聰明貞仁

舜陟方死于蒼梧號曰重華二妃死于江湘之間俗謂之湘君君子曰二妃德純而行篤詩云丕顯惟德百辟其刑之此之謂也

頌曰

元始二妃　帝堯之女　嬪列有虞　承舜於下
以尊事卑　終能勞苦　瞽叟和寧　卒享福祐

棄母姜源

棄母姜嫄者邰侯之女也當堯之時行見巨人跡好而履之歸而有娠浸以益大心怪惡之卜筮禋祀以求無子終生子以為不祥而棄之隘巷牛羊避而不踐乃送之平林之中後伐平林者咸薦之覆之乃取置寒冰之上飛鳥傴翼之姜嫄以為異乃收以歸因命曰棄姜嫄之性清靜專一好種稼穡及棄長而教之種樹桑麻棄之性明而仁能育其教卒致其名堯使棄居稷官更國邰地遂封棄于邰號曰后稷及堯崩舜即位乃命之曰棄黎民阻飢汝后稷播時百穀

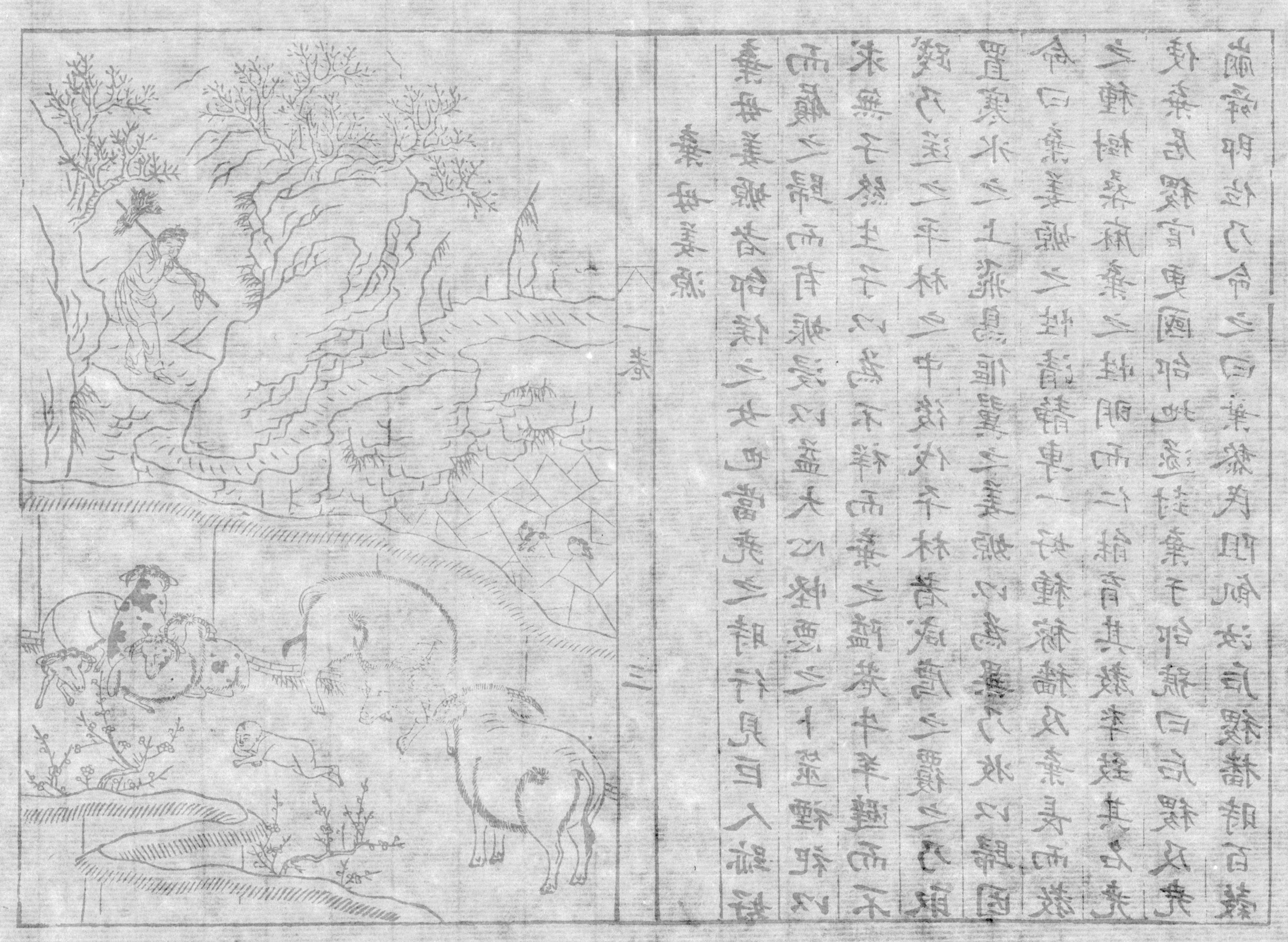

其後世世居稷至周文武而興為天子君子謂姜嫄靜而有化詩云赫赫姜嫄其德不回上帝是依又曰思文后稷克配彼天立我烝民此之謂也

頌曰

棄母姜嫄　清靜專一　履跡而孕　懼棄於野
鳥獸覆翼　乃復收恤　卒為帝佐　母道既畢

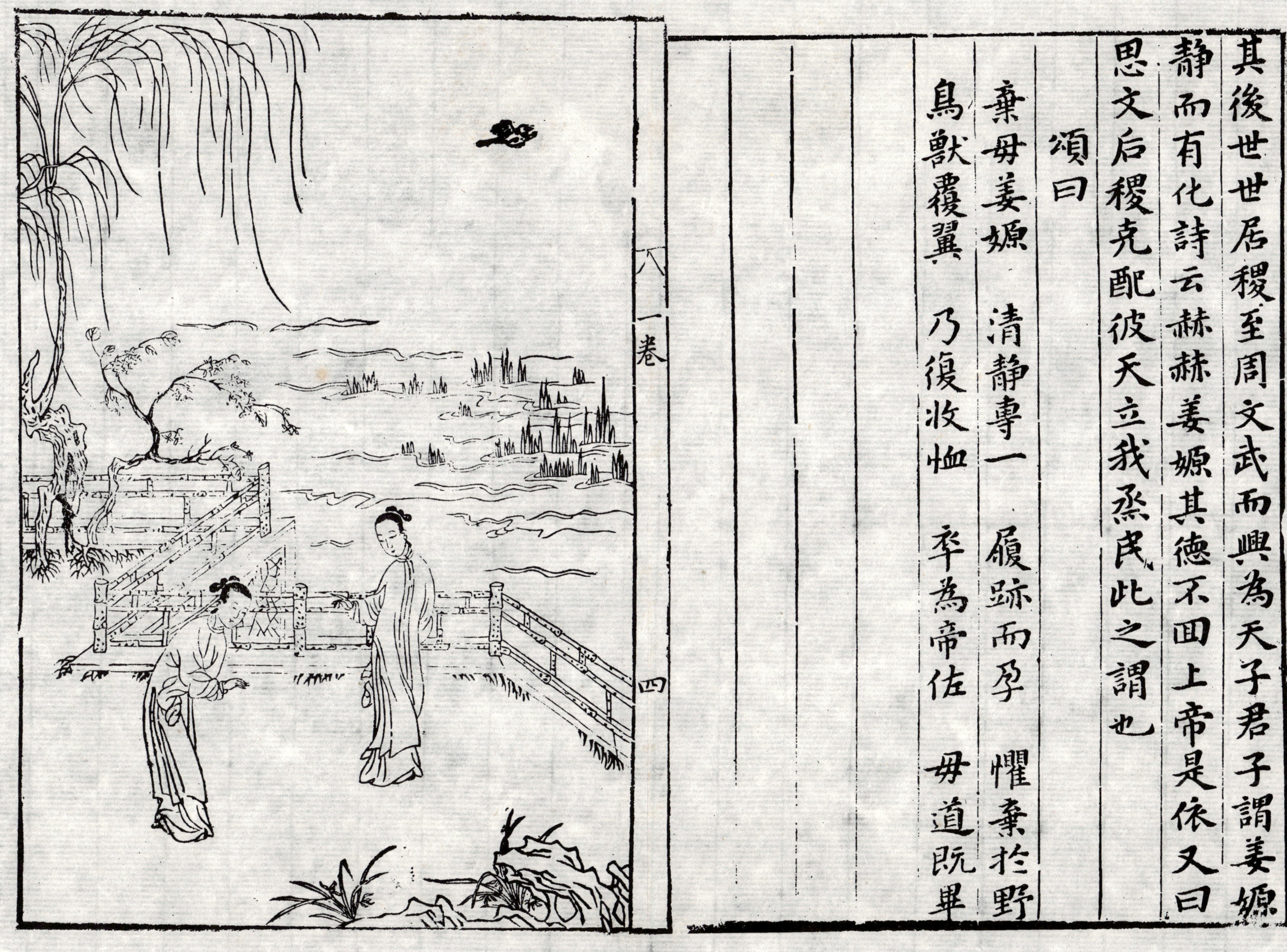

其後世世居稷至周文武而興爲天子君子謂姜嫄
靜而有化詩云赫赫姜嫄其德不回上帝是依又曰
思文后稷克配彼天立我烝民此之謂也

頌曰

棄母姜嫄　清靜專一　履跡而孕　懼棄於野
鳥獸覆翼　乃復收恤　卒爲帝佐　母道既畢

契母簡狄

契母簡狄者有娀氏之長女也當堯之時與其妹娣浴於玄丘之水有玄鳥銜卵過而墜之五色甚好簡狄與其妹娣競往取之簡狄得而含之誤而吞之遂生契焉簡狄性好人事之治上知天文樂於施惠及契長而教之理順之序契之性聰明而仁能育其教卒致其名堯使為司徒封之於亳及堯崩舜即位乃勑之曰契百姓不親五品不遜汝作司徒而敬敷五教在寬其後世世居亳至殷湯興為天子君子謂簡狄仁而有禮詩云有娀方將立子生商又曰天命玄

鳥降而生商此之謂也

頌曰

契母簡狄　敦仁勵翼　吞卵產子　遂自脩飾
教以事理　推恩有德　契為帝輔　蓋母有力

啟母塗山

啓母者塗山氏長女也夏禹娶以為妃既生啓辛壬癸甲啓呱呱泣禹去而治水惟荒度土功三過其家不入其門塗山獨明教訓而致其化焉及啟長化其德而從其教卒致令名禹為天子而啟為嗣持禹之功而不殞君子謂塗山彊於教誨詩云釐爾士女從以孫子此之謂也

頌曰

啟母塗山　維配帝禹　辛壬癸甲　禹往敷土
啟呱呱泣　母獨論序　教訓以善　卒繼其父

按太平御覽引列女傳云湯妃有莘氏之女也德高而明伊尹為之媵臣又曰生三子太丁外丙仲壬太丁早卒外丙仲壬嗣登大位與此書不同後漢書文苑傳注引列女傳亦同

湯妃有㜪

湯妃有㜪者有㜪氏之女也殷湯娶以為妃生仲壬外丙亦明教訓致其功有㜪之妃湯也統領九嬪後宮有序咸無妬媢逆理之人卒致王功君子謂妃明而有序詩云窈窕淑女君子好逑言賢女能為君子和好衆妾其有㜪之謂也

頌曰

湯妃有㜪　賢行聰明　媵從伊尹　自夏適殷

勤慤治中　九嬪有行　化訓內外　亦無愆殃

台御覽

一段漢文

周室三母

三母者太姜太任太姒　太姜者王季之母有呂氏之女太王娶以為妃生太伯仲雍王季貞順率道靡有過失太王謀事遷徙必與太姜君子謂太姜廣于德教德教本也而謀事次之詩云古公亶父來朝走馬率西水滸至于岐下爰及姜女聿來胥宇此之謂也蓋太姜淵智非常雖太王之賢聖亦與之謀其知太王仁恕必可以比國人而景附矣

太任者文王之母摯任氏中女也王季娶為妃太任之性端一誠莊惟德之行及其有娠目不視惡色耳

范傳注引作謚

父母頤梨作萬物

不聽淫聲口不出敖言能以胎教溲于豕牢而生文王文王生而明聖太任教之以一而識百君子謂太任為能胎教古者婦人妊子寢不側坐不邊立不蹕不食邪味割不正不食席不正不坐目不視于邪色耳不聽于淫聲夜則令瞽誦詩道正事如此則王子形容端正才德必過人矣故妊子之時必慎所感感于善則善感于惡則惡人生而肖父母者皆其母感于物故形意肖之文王母可謂知肖化矣

太姒者武王之母禹后有莘姒氏之女仁而明道文王嘉之親迎于渭造舟為梁及入太姒思媚太姜太任旦夕勤勞以進婦道太姒號曰文母文王理陽道而治外文母理陰道而治内太姒生有十男長伯邑考次則武王發次則周公旦次則管叔鮮次則蔡叔度次則曹叔振鐸次則霍叔武次則成叔處次則康叔封次則聃季載太姒教誨十子自少及長未嘗見邪辟之事及其長文王繼而教之卒成武王周公之德武王纘太王王季文王之緒壹戎衣而有天下身不失天下之顯名尊為天子富有四海之内宗廟饗之子孫保之武王末受命周公成文武之德追王太王王季上祀先公以天子之禮斯禮也達乎諸侯大

夫及士庶人父為大夫子為士葬以大夫祭以士父為士子為大夫葬以士祭以大夫期之喪達乎大夫三年之喪達乎天子父母之喪無貴賤一也蓋十子之中惟武王周公成聖要其安民以播烈光制禮以廣達孝而言之則盛德自然著矣若管蔡監殷而畔乃人才質不同有不可以少加重任者易曰力小而任重鮮不及矣反思其受教之時未必至於斯也豈可以累太姒耶故君子謂太姒仁明而有德詩曰大邦有子俔天之妹文定厥祥親迎于渭造舟為梁不顯其光又曰太姒嗣徽音則百斯男其之謂也

頌曰

周室三母　太姜任姒　文武之興　蓋由斯起

太姒最賢　號曰文母　三姑之德　亦甚大矣

衛姑定姜

衛姑定姜者衛定公之夫人公子之母也公子既娶而死其婦無子畢三年之喪定姜歸其婦自送之至於野恩愛哀思悲心感慟立而望之揮泣垂涕乃賦詩曰燕燕于飛差池其羽之子于歸遠送于野瞻望不及泣涕如雨送去歸泣而望之又作詩曰先君之思以畜寡人君子謂定姜為慈姑過而之厚定公惡孫林父孫林父奔晉晉侯使郤犨為請還定公欲辭定姜曰不可是先君宗卿之嗣也大國又以為請而弗許將亡雖惡之不猶愈于亡乎君其忍之夫安民

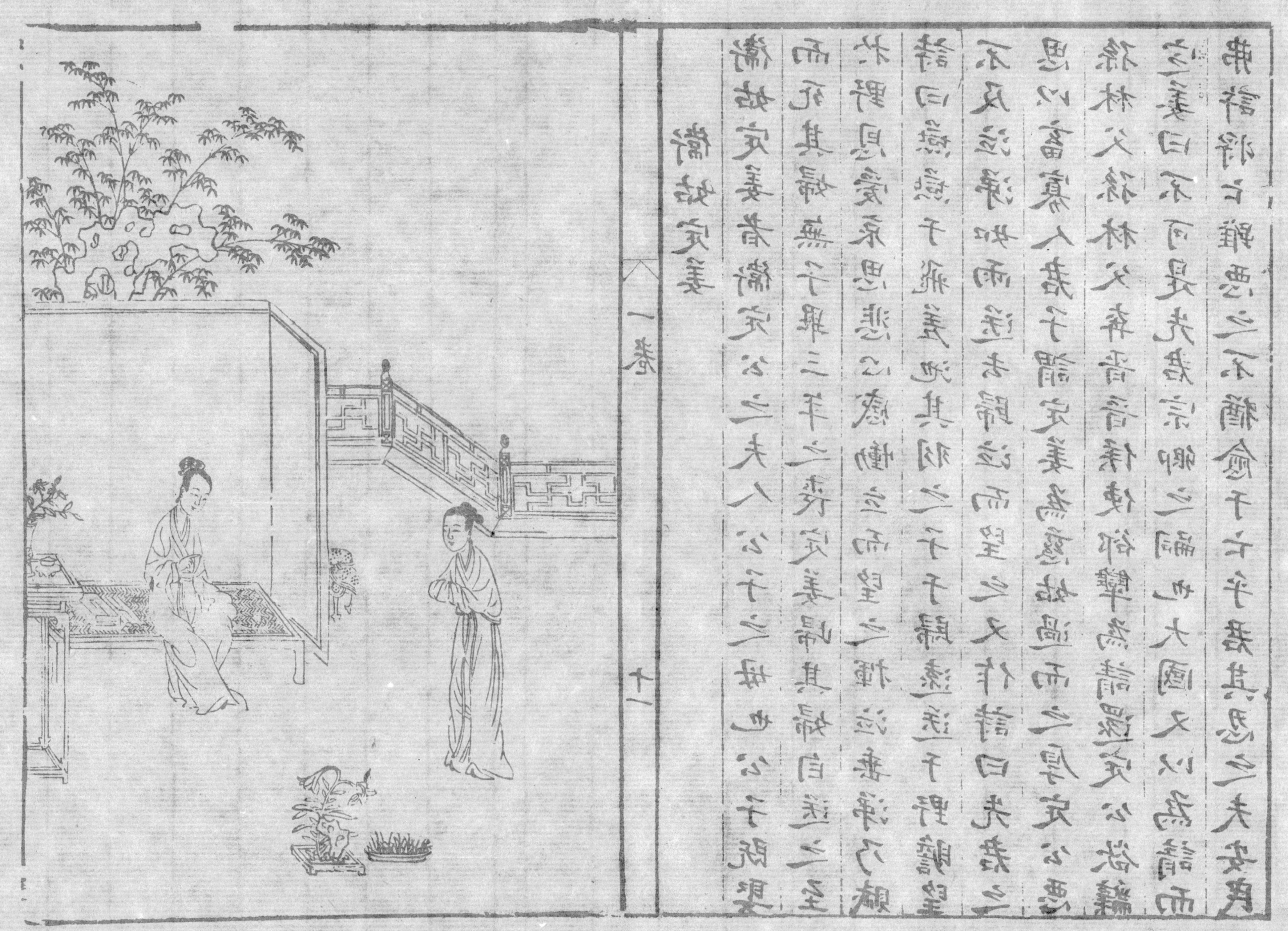

而宥宗卿不亦可乎定公遂復之君子謂定姜能遠患難詩曰其儀不忒正是四國此之謂也定公卒立敬如之子衎為君是為獻公獻公居喪而慢定姜既哭而息見獻公之不哀也不內食飲嘆曰是將敗衛國必先害善人夫禍衛國也夫吾不獲鱄也使主社稷大夫聞之皆懼孫文子自是不敢舍其重器于衛鱄者獻公弟子鮮也賢而定姜欲立之而不得後獻公暴虐慢侮定姜卒見逐走出亡至境使祝宗告亡且告無罪於廟定姜曰不可若令無神不可誣有罪若何告無罪也且公之行舍大臣而與小臣謀一罪

也先君有冢卿以為師保而蔑之二罪也余以巾櫛事先君而暴妾使余三罪也告亡而已無告無罪其後賴鱄力獻公復得反國君子謂定姜能以辭教詩云我言惟服此之謂也鄭皇耳率師侵衛孫文子卜追之獻兆于定姜曰兆如山林有夫出征而喪其雄定姜曰征者喪雄禦寇之利也大夫圖之衛人追之獲鄭皇耳于犬丘君子謂定姜達於事情詩云左之左之君子宜之此之謂也

頌曰

衛姑定姜　送婦作詩　恩愛慈惠　泣而望之

數諫獻公　得其罪尤　聰明遠識　麗于文辭

齊女傅母

傅母者齊女之傅母也女為衛莊公夫人號曰莊姜姜交好始往操行衰惰心淫泆冶容傅母見其婦道不正諭之云子之家世世尊榮當為民法則子之質聰達于事當為人表式儀貌壯麗不可不自脩整衣錦絅裳飾在輿馬是不貴德也乃作詩曰碩人其頎衣錦絅衣齊侯之子衛侯之妻東宮之妹邢侯之姨譚公維私砥厲女之心以高節以為人君之子弟為國君之夫人尤不可有邪僻之行焉女遂感而自脩君子善傅母之防未然也莊姜者東宮得臣之妹也無子姆戴嬀之子桓公公子州吁嬖人之子也有寵驕而好兵莊公弗禁後州吁果殺桓公詩曰毋教猱升木此之謂也

頌曰

齊女傅母　防女未然　稱列先祖　莫不尊榮
作詩明指　使無辱先　莊姜姆妹　卒能脩身

鄒孟軻母

鄒孟軻之母也號孟母其舍近墓孟子之少也嬉遊為墓間之事踴躍築埋孟母曰此非吾所以居處子乃去舍市傍其嬉戲為賈人衒賣之事孟母又曰此非吾所以居處子也復徙舍學宮之傍其嬉遊乃設俎豆揖讓進退孟母曰真可以居吾子矣遂居之及孟子長學六藝卒成大儒之名君子謂孟母善以漸化詩云彼姝者子何以予之此之謂也自孟子之少也既學而歸孟母方績問曰學所至矣孟子曰自若也孟母以刀斷其織孟子懼而問其故孟母曰子之

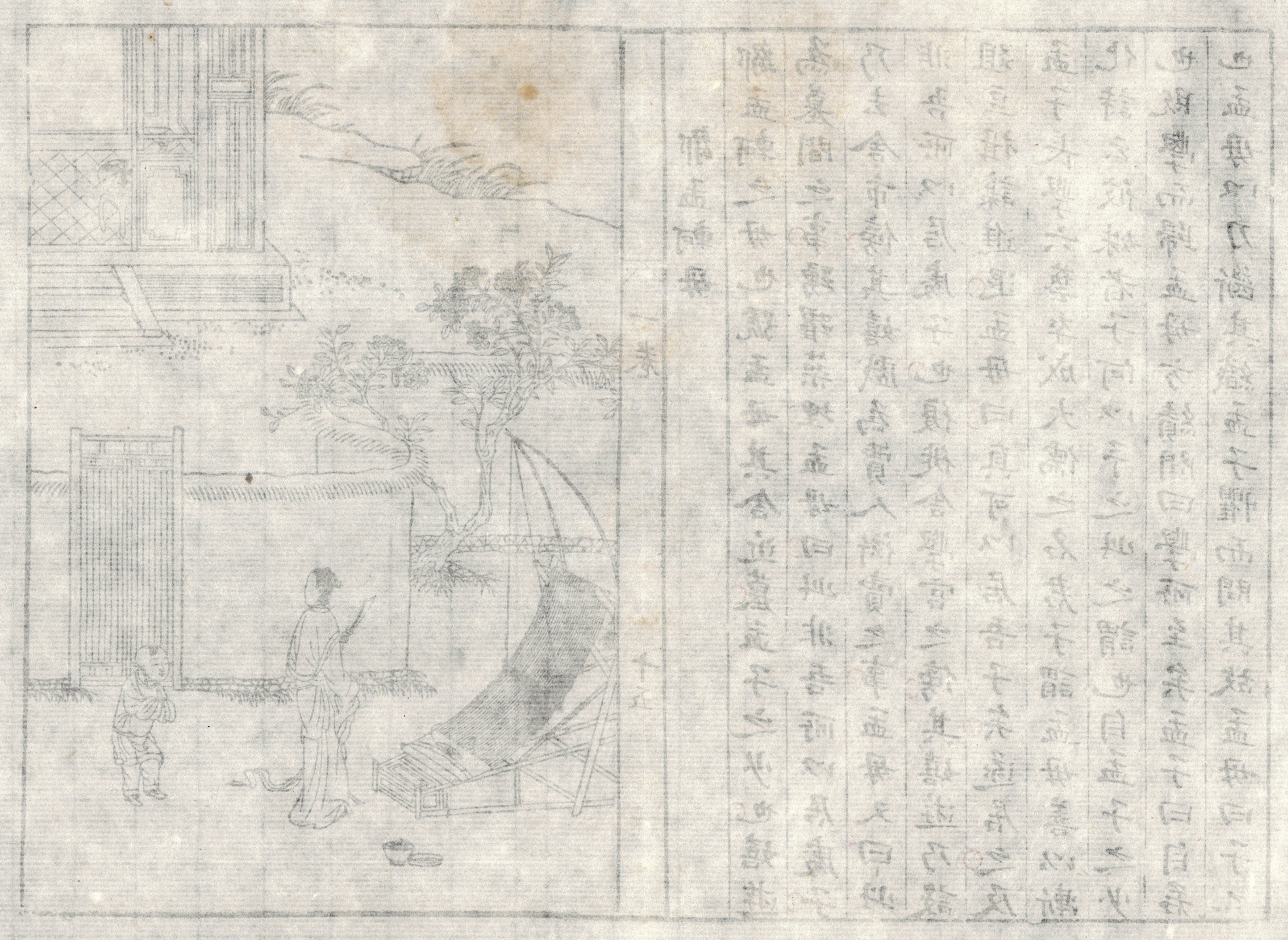

廢學若吾斷斯織也夫君子學以立名問則廣知是以居則安寧動則遠害今而廢之是不免于厮役而無以離于禍患也何以異于織績而食中道廢而不為寧能衣其夫子而長不乏糧食哉女則廢其所食男則墮于脩德不為竊盜則為虜役矣孟子懼旦夕勤學不息師事子思遂成天下之名儒君子謂孟母知為人母之道矣詩云彼姝者子何以告之此之謂也孟子既娶將入私室其婦袒而在内孟子不悅遂去不入婦辭孟母而求去曰妾聞夫婦之道私室不與焉今者妾竊墮在室而夫子見妾勃然不悅是客

妾也婦人之義蓋不客宿請歸父母于是孟母召孟子而謂之曰夫禮將入門問孰存所以致敬也將上堂聲必揚所以戒人也將入戶視必下恐見人過也今子不察於禮而責禮於人不亦遠乎孟子謝遂留其婦君子謂孟母知禮而明於姑母之道孟子處齊而有憂色孟母見之曰子若有憂色何也孟子曰不敏異日閒居擁楹而歎孟母見之曰鄉見子有憂色曰不也今擁楹而歎何也孟子對曰軻聞之君子稱身就位不為苟得而受賞不貪榮祿諸侯不聽則不達其上聽而不用則不踐其朝今道不用於齊願行

而母老是以憂也孟母曰夫婦人之禮精五飯冪酒漿養舅姑縫衣裳而已矣故有閨內之修而無境外之志易曰在中饋無攸遂詩曰無非無儀惟酒食是議以言婦人無擅制之義而有三從之道也故年少則從乎父母出嫁則從乎夫夫死則從乎子禮也今子成人也而我老矣子行乎子義吾行乎吾禮君子謂孟母知婦道詩云載色載笑匪怒匪教此之謂也

頌曰

孟子之母　教化列分　處子擇藝　使從大倫

子學不進　斷機示焉　子遂成德　為當世冠

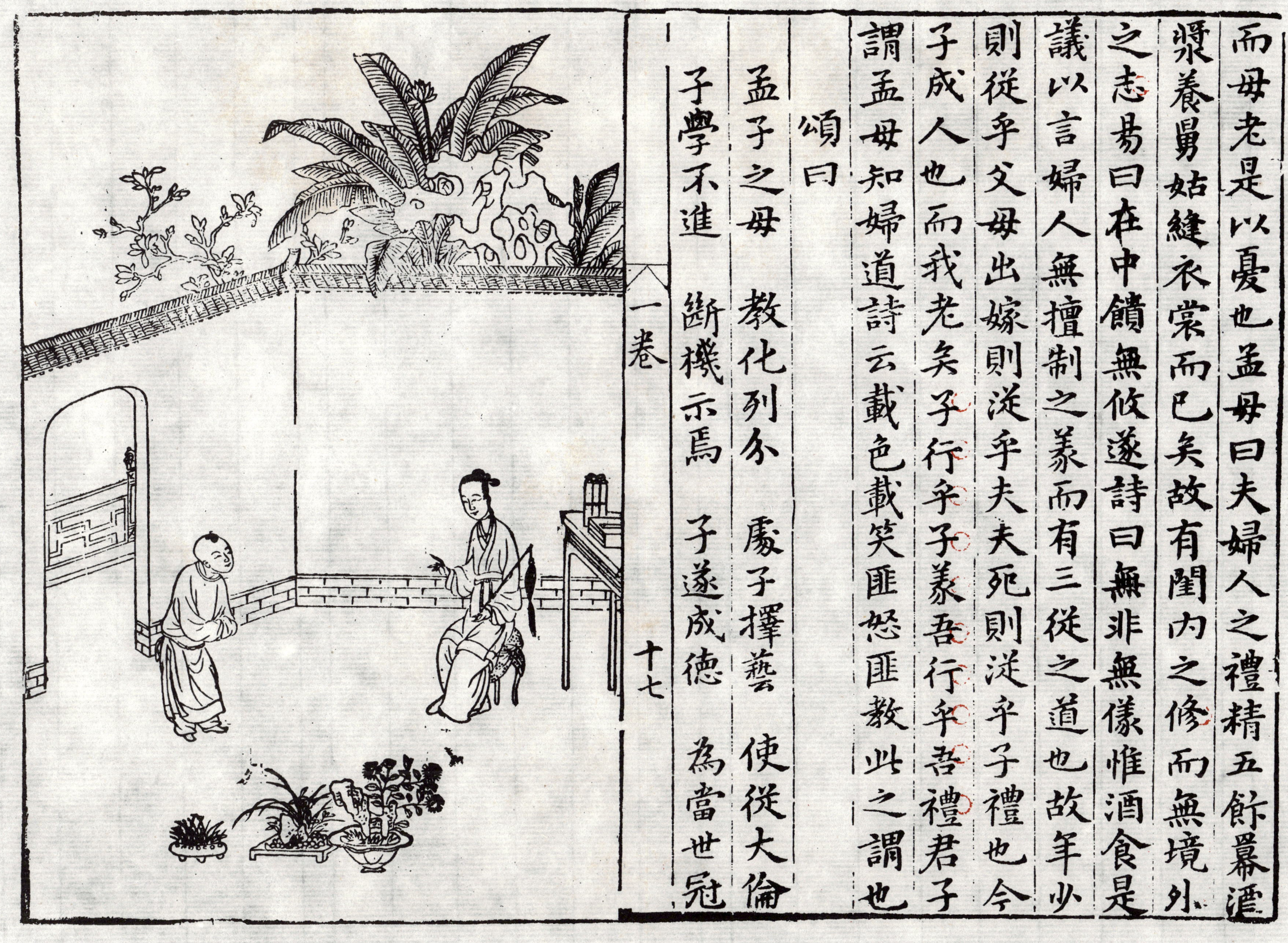

硬刻第九

魯季敬姜

魯季敬姜者莒女也號戴己魯大夫公父穆伯之妻文伯之母季康子之從祖叔母也博達知禮穆伯先死敬姜守養文伯出學而還歸敬姜側目而盼之見其友上堂從後堦降而却行奉劍而正履若事父兄文伯自以為成人矣敬姜召而數之曰昔者武王罷朝而結絲絲絶左右顧無可使結之者俯而自申之故能成王道桓公坐友三人諫臣五人日舉過者三十人故能成伯業周公一食而三吐哺一沐而三握髮所執贄而見於窮閭隘巷者七十餘人故能存周室彼二聖一賢者皆伯王之君也而下人如此其所與遊者皆過己者也是以日益而不自知也今以子年之少而位之卑所與遊者皆為服役子之不益亦以明矣文伯乃謝罪于是乃擇嚴師賢友而事之所與遊處者皆黄耄倪齒也文伯引衽攘捲而親饋之敬姜曰子成人矣君子謂敬姜備于教化詩云濟濟多士文王以寧此之謂也文伯相魯敬姜謂之曰吾語汝治國之要盡在經矣夫幅者所以正曲枉也不可不彊故幅可以為將畫者所以均不均服不服也故畫可以為正物者所以治蕪與莫也故物可以為

都大夫持交而不絕者綑也綑可以為大行人也推而往引而來者綜也綜可以為關內之主多少之數者均也均可以為內史服重任行遠道正直而固者軸也軸可以為相舒而無窮者摘也摘可以為三公文伯再拜受教文伯退朝朝敬姜敬姜力績文伯曰以歜之家而主猶績懼于季孫之怒其以歜為不能事主乎敬姜嘆曰魯其亡乎使吾子備官而未之聞耶居吾語女昔聖王之處民也擇瘠土而處之勞其民而用之故長王天下夫民勞則思思則善心生逸則淫淫則忘善忘善則惡心生沃土之民不林淫也瘠土之民嚮義勞也是故天子大采朝日與三公九卿組織施德日中考政與百官之政事使師尹維旅牧宣敬民事少采夕月與太史司載糾虔天刑日入監九御使潔奉禘郊之粢盛而後即安諸侯朝脩天子之業令晝考其國夕省其典刑夜儆百工使無慆淫而後即安卿大夫朝考其職晝講其庶政夕序其業夜庀其家事而後即安士朝而受業晝而講肄夕而習復夜而討過無憾而後即安自庶人以下明而動晦而休無自以怠王后親織玄紞公侯之夫人加之以紘綖卿之內子為大帶命婦成祭

服則士之妻加之以朝服自庶士以下皆衣其夫社而賦事烝而獻功男女効績否則有辟古之制也君子勞心小人勞力先王之訓也自上以下誰敢淫心舍力今我寡也爾又在下位朝夕處事猶恐忘先人之業況有怠惰其何以辟吾冀而朝夕脩我曰必無廢先人爾今也曰吾不自安以是承君之官余懼穆伯之絶嗣也仲尼聞之曰弟子記之季氏之婦不淫矣詩曰婦無公事休其蠶織言婦人以織績為公事者也休之非禮也文伯飲南宮敬叔酒以露堵父為客羞鼈焉小堵父怒相延食鼈堵父辭曰將使鼈

長而食之遂出敬姜聞之怒曰吾聞之先子曰祭養尸饗養上賓鼈于人何有而使夫人怒遂逐文伯五日魯大夫辭而復之君子謂敬姜為慎微詩曰我有旨酒嘉賓式讌以樂言尊賓也文伯卒敬姜戒止妾曰吾聞之好內女死之好外士死之今吾子夭死吾惡其以好內聞也二三婦之辱共祀先祀者請毋瘠色毋揮涕毋陷膺毋憂容有降服毋加服從禮而靜是昭吾子仲尼聞之曰女知莫如婦男知莫如夫公父氏之婦知矣欲明其子之令德詩曰君子有穀貽厥孫子此之謂也敬姜之處喪也朝哭穆伯暮哭文

伯仲尼聞之曰季氏之婦可謂知禮矣愛而無私上下有章敬姜嘗如季氏康子在朝與之言不應從之及寢門不應而入康子辭于朝而入見曰肥也不得聞命毋乃罪耶敬姜對曰子不聞耶天子及諸侯合民事于内朝自卿大夫以下合官職于外朝合家事于内朝寢門之内婦人治其職焉上下同之夫外朝子將業君之官職焉内朝子將庀季氏之政焉皆非吾所敢言也康子嘗至敬姜閾門而與之言皆不踰閾祭悼子康子與焉酢不受徹俎不讌宗不具不繹繹不盡飫則不退仲尼謂敬姜别于男女之禮矣詩

曰女也不爽此之謂也

頌曰

文伯之母　號曰敬姜　通達知禮　德行光明
匡子過失　教以法理　仲尼賢焉　列爲慈母

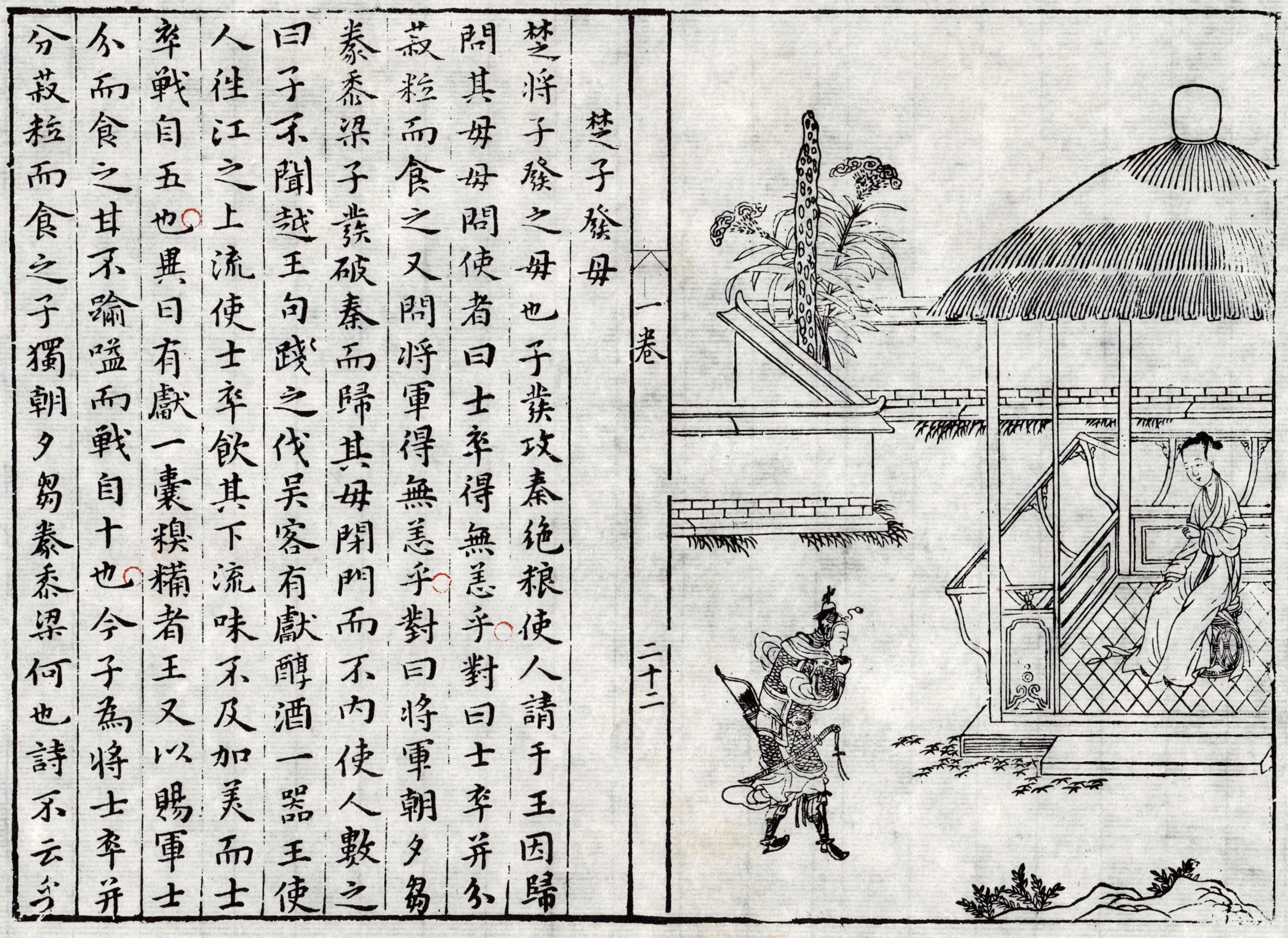

楚子發母

楚将子發之母也子發攻秦絶粮使人請于王因歸問其母母問使者曰士卒得無恙乎對曰士卒并分菽粒而食之又問将軍得無恙乎對曰将軍朝夕芻豢黍粱子發破秦而歸其母閉門而不內使人數之曰子不聞越王句踐之伐吴客有獻醇酒一器王使人注江之上流使士卒飲其下流味不及加美而士卒戰自五也異日有獻一囊糗糒者王又以賜軍士分而食之甘不踰嗌而戰自十也今子為将士卒并分菽粒而食之子獨朝夕芻豢黍粱何也詩不云乎

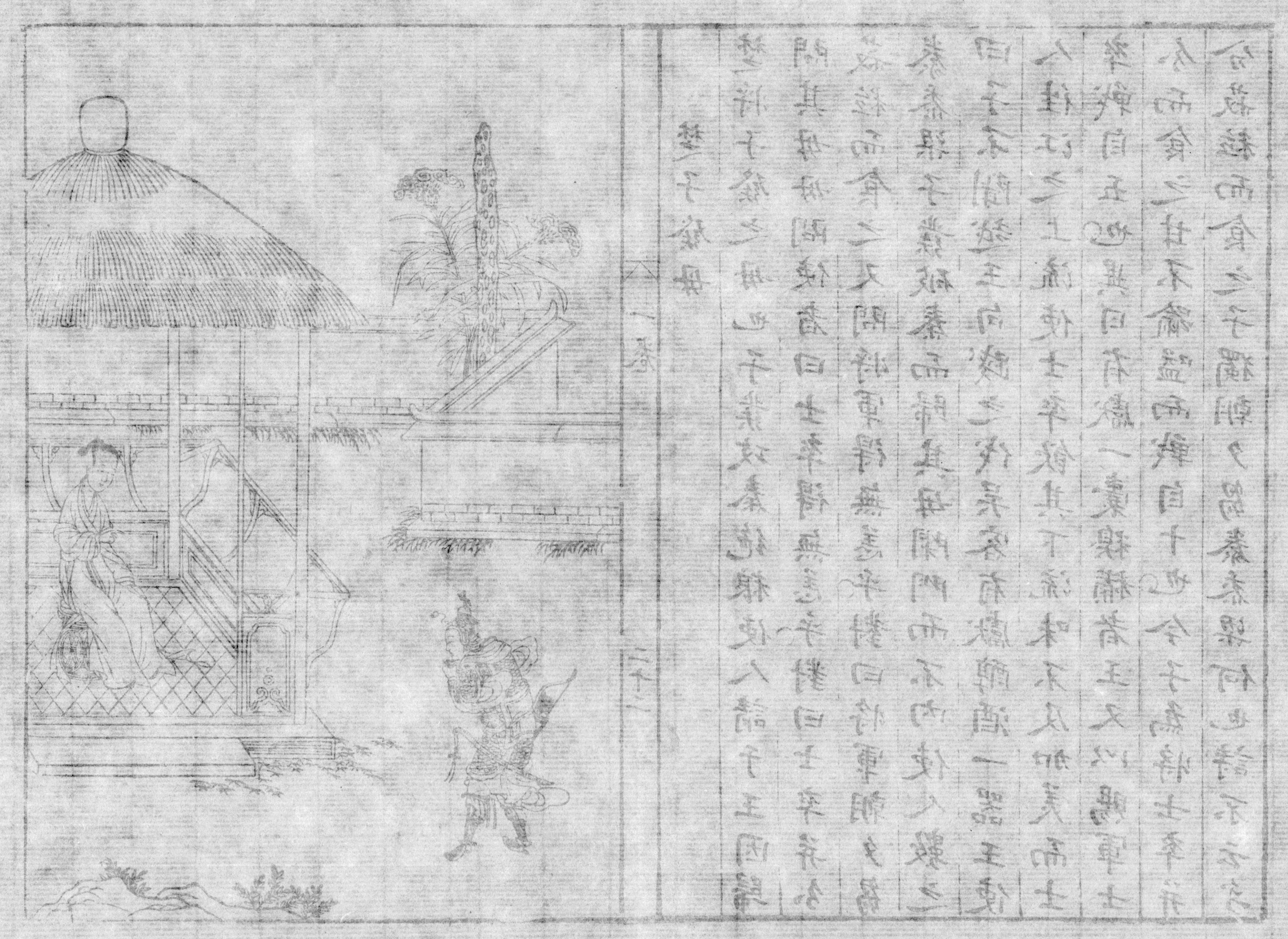

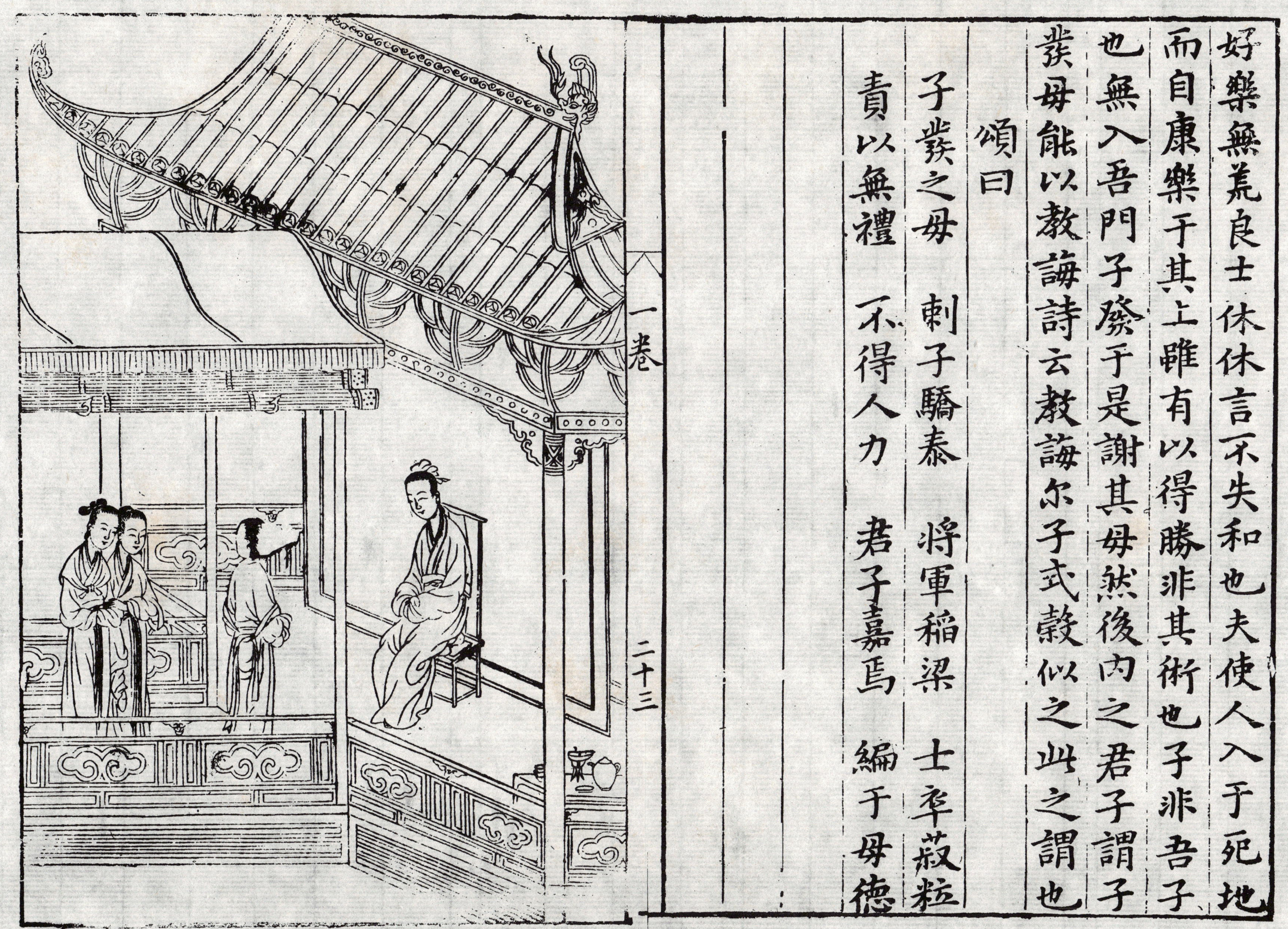

好樂無荒良士休休言不失和也夫使人入于死地而自康樂于其上雖有以得勝非其術也子非吾子也無入吾門子發于是謝其母然後内之君子謂子發母能以教誨詩云教誨尔子式穀似之此之謂也

頌曰

子發之母　刺子驕泰　將軍稻粱　士卒菽粒
責以無禮　不得人力　君子嘉焉　編于母德

原本家下有多字

魯之母師

母師者魯九子之寡母也臘日休作者歲祀禮事畢悉召諸子謂曰婦人之義非有大故不出夫家然吾父母家幼稚歲時禮不理吾從汝謁往監之諸子皆頓首許諾又召諸婦曰婦人有三從之義而無專制之行少繫父母長繫于夫老繫于子今諸子許我歸視私家雖踰正禮願與少子俱以備婦人出入之制諸婦其慎房戶之守吾夕而反于是使少子僕歸辦家事天陰還失早至閭外而止夕而入魯大夫從臺上見而怪之使人閒視其居處禮節甚脩家事甚理

使者還以狀對于是大夫召母而問之曰一日從北方來至閭而止良久夕乃入吾不知其故甚怪之是以問也母對曰妾不幸早失夫獨與九子居臘月禮畢事閒從諸子謁歸視私家與諸婦孺子期夕而反妾恐其酺醵醉飽人情所有也妾反太早不敢復反故止閭外期盡而入大夫美之言于穆公賜母尊號曰母師使明請夫人夫人諸姬皆師之君子謂母師能以身教夫禮婦人未嫁則以父母為天既嫁則以夫為天其喪夫母則降服一等無二天之義也詩云出宿于濟飲餞于禰女子有行遠父母兄弟

頌曰慈母

九子之母　誠知禮經　謁歸還反　不掩人情

德行既備　卒蒙其榮　魯君賢之　號以尊名

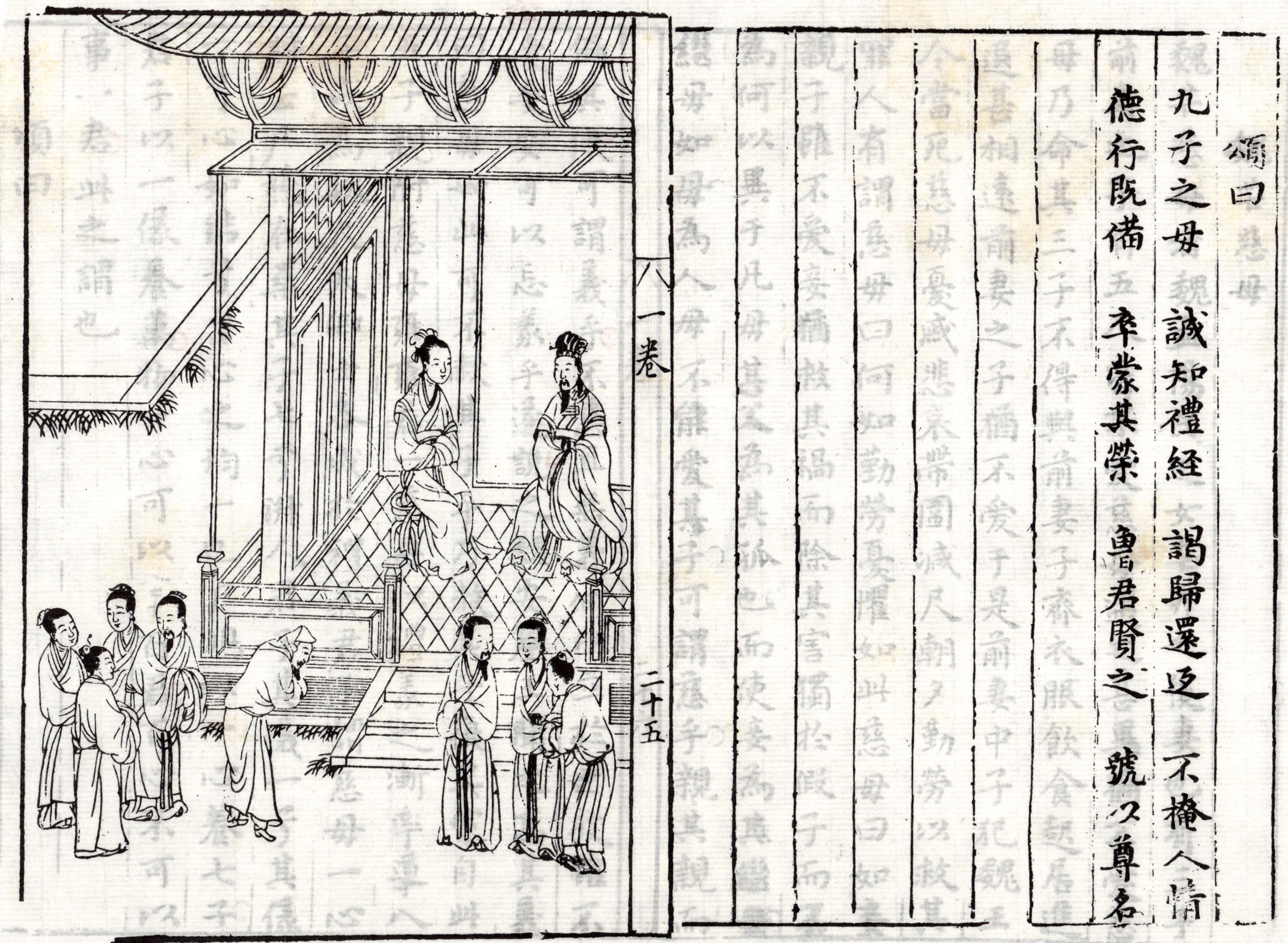

魏芒慈母

魏芒慈母者孟陽氏之女芒卯之後妻也有三子前妻之子有五人皆不愛慈母遇之甚異猶不愛慈母乃命其三子不得與前妻子齊衣服飲食起居進退甚相遠前妻之子猶不愛於是前妻中子犯魏王令當死慈母憂戚悲哀帶圍減尺朝夕勤勞以救其罪人有謂慈母曰何如勤勞憂懼如此慈母曰如妾親子雖不愛妾猶救其禍而除其害獨於假子而不為何以異於凡母其父為其孤也而使妾為其繼母繼母如母為人母不能愛其子可謂慈乎親其親而

偏其假可謂義乎不慈且無義何以立於世彼雖不愛妾安可以忘義乎遂訟之魏安釐王聞之高其義曰慈母如此可不救其子乎乃赦其子復其家自此五子親附慈母雍雍若一慈母以禮義之漸率導八子咸為魏大夫卿士各成於禮義君子謂慈母一心詩云尸鳩在桑其子七兮淑人君子其儀一兮其儀一兮心如結兮言心之均一也尸鳩以一心養七子君子以一儀養萬物一心可以事百君百心不可以事一君此之謂也

頌曰

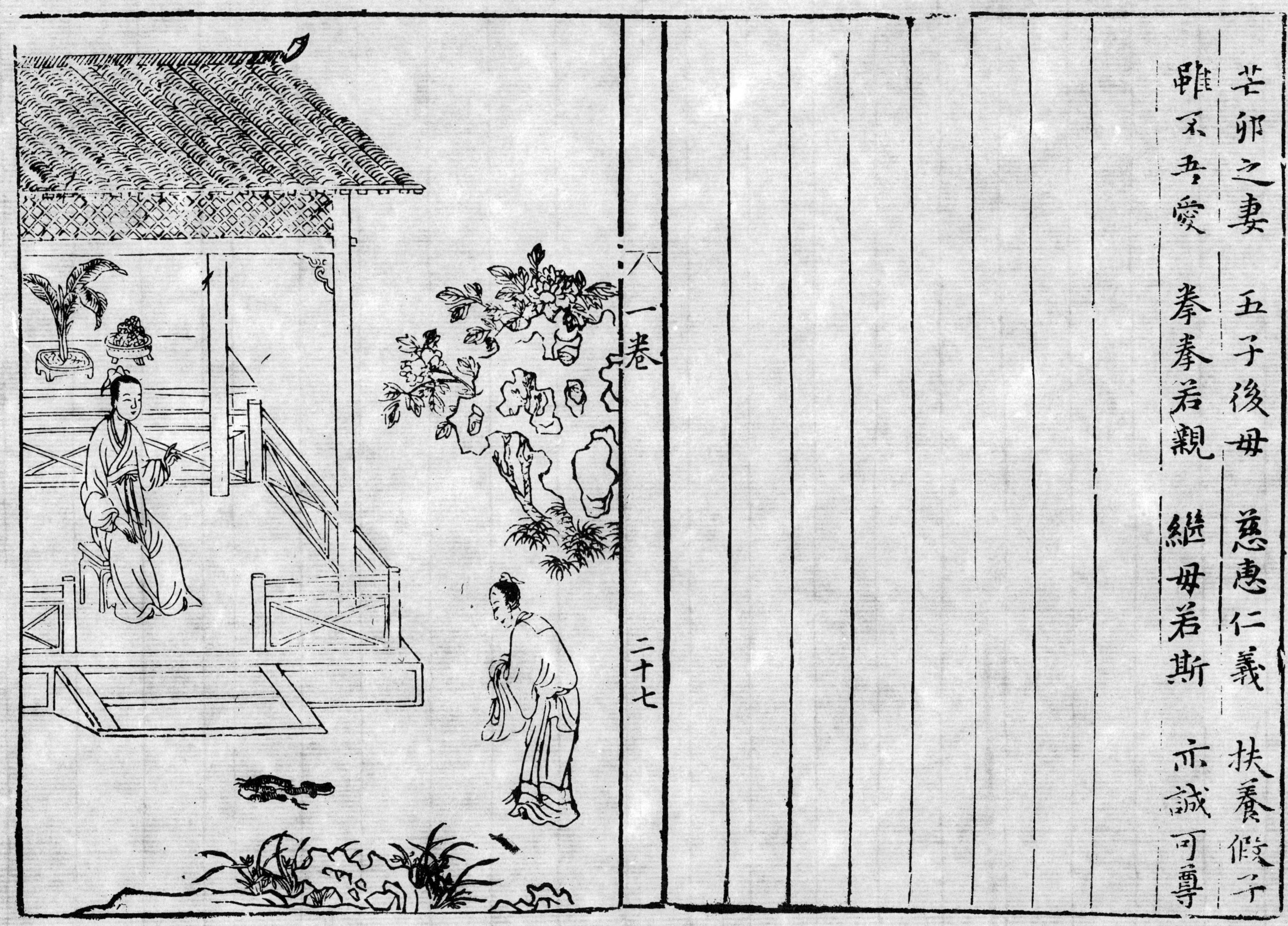

芒卯之妻　五子後母　慈惠仁義　扶養假子
雖不吾愛　拳拳若親　繼母若斯　亦誠可尊

六一卷

二十七

齊田稷母

齊田稷子之母也田稷子相齊受下吏之貨金百鎰以遺其母母曰子為相三年矣祿未嘗多若此也豈脩士大夫之費哉安所得此對曰誠受之於下其母曰吾聞士脩身潔行不為苟得竭情盡實不行詐偽非義之事不計於心非理之利不入于家言行若一情貌相副今君設官以待子厚祿以奉子言行則可以報君夫為人臣而事其君猶為人子而事其父也盡力竭能忠信不欺務在效忠必死奉命廉潔公正故遂而無患今子反是遠忠矣夫為人臣不忠是為人子不孝也不義之財非吾有也不孝之子非吾子也子起田稷子慙而出反其金自歸罪於宣王請就誅焉宣王聞之大賞其母之義遂舍稷子之罪復其相位而以公金賜母君子謂稷母廉而有化詩曰彼君子兮不素飧兮無功而食祿不為也況於受金乎

頌曰

田稷之母　廉潔正直　責子受金　以為不德
忠孝之事　盡材竭力　君子受祿　終不素食

劉向古列女傳卷之一終